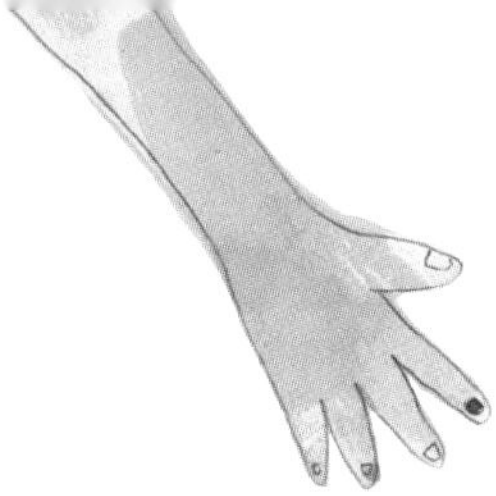

손등도장

그림 **성혜현**

성신여자대학교에서 조소를 전공하고, 일러스트레이터로 활동하고 있습니다.
그린 책으로는 〈열세 살, 내 마음이 왜 이러지?〉 등이 있습니다.

사진 **강재훈**

「한겨레 신문」 사진부 선임기자, 〈니콘 리얼리티 리더스클럽 사진가〉로 활동하고 있는
포토저널리스트이자 다큐멘터리 사진가. '제1회 강원다큐멘터리 사진가'에 선정되었고,
'대한민국 보도사진전' 최우수상, '올해의 사진기자상' 등을 수상했습니다.
피사체와 공감하는 자연스럽고 정겨운 사진 작업으로 『부모은중』, 『산골분교운동회』,
『분교-들꽃 피는 학교』, 『이런 내가 참 좋다』 등의 사진집과 개인전을 통해 작품을 발표했습니다.
여러 대학에서 사진을 가르쳤고, 한겨레교육문화센터 사진 학교에서 강의를 하고 있으며,
이곳에서 배출한 100여 명의 사진가로 구성된 사진 집단 '포토청'을 이끌고 있습니다.

손등도장

글 고상한 그림책 연구소 | **그림** 성혜현 | **사진** 강재훈

상상의집

"어? 비 온다!"
민재가 창밖을 보며 소리쳤어요.
그 소리에 아이들은 웅성웅성 떠들기 시작했어요.
너도나도 기지개를 켜고 몸을 뒤틀었어요.
맨 뒤에 앉은 석구만 빼고요.
석구는 몸과 마음이 조금 불편하지만 웃음이 많은 친구예요.

오후가 되자, 옹기종기 우산들이 모여들었어요.

"어머, 경수 엄마! 오랜만이에요."

"민재 엄마! 어? 저기 현이 엄마도 있네. 현이 엄마!"

"반가운 얼굴들이 여기 다 있네."

오랜만에 만난 엄마들은 수다꽃을 피웠지요.

현이 엄마가 경수 엄마와 민재 엄마에게 아는 척을 했어요.

"참, 경수가 글짓기 대회에서 1등을 했다면서요. 축하해요."

현이 엄마의 말에 경수 엄마의 어깨가 으쓱해졌어요.

"뭘요. 현이는 매번 경시 대회 상을 휩쓸면서."

"아유, 우리 현이는 너무 덤벙대서. 경수처럼 생각이 깊어야 글짓기를 잘하는데."

민재 엄마는 우산 속으로 숨어 버리고 싶었어요.

"엄마!"

교실 창밖으로 민재가 얼굴을 내밀고 소리쳤죠.

"아이고, 목소리는 민재가 1등이네, 1등!"

민재 엄마의 얼굴이 빨개졌어요.

어느새 민재가 엄마 앞에 서 있어요.

“엄마! 나 빠르지?”

“뭐 하러 서둘러? 넘어지면 어쩌려고.”

엄마는 허겁지겁 달려 나온 민재가 못마땅했어요.

“엄마. 우산!”

“응?”

“먼저 가.”

“왜? 청소 당번이야?”

“아니.”

“그럼 같이 가지, 왜?”

“그럴 일이 있어. 나 먼저 간다. 안녕.”

“민재 엄마. 아들한테 바람 맞았네. 호호호.”

경수 엄마의 말에 민재 엄마는 얼른 집으로 가고 싶었어요.

민재는 우산 사이를 이리저리 피하며 달려갔어요.

“석구야, 우산 같이 쓰고 가자.”

민재는 석구에게 우산을 씌워 주었어요.

“엄마, 나 배고파!”

민재가 신발주머니를 휘두르며 집으로 뛰어 들어왔어요.

민재의 옷이 비에 흠뻑 젖어 있었어요.

“너, 우산은 어쩌고!”

“애들이랑 장난치다가. 그래도 내가 빨라서 별로 안 젖었어.

내가 우리 반 달리기 최고잖아.”

엄마는 아무 때나 실실 웃는 민재를 보자 괜히 속상했어요.

“참, 요즘에도 운동회 때 1등 하면 손등에 도장 찍어 주니?”

엄마가 손등을 내밀며 묻자, 민재가 귀찮다는 듯 고개를 끄덕였지요.

do&be

"천천히 꼭꼭. 물도 좀 마시고. 누가 잡아먹니?"

"히히히."

"먹는 거 하나는 1등이겠다."

엄마의 잔소리에도 민재는 와구와구 밥을 먹었어요.

그러더니 젓가락을 '탁' 놓고 만화 영화 시간이라며

잽싸게 거실로 달려갔어요.

"참, 엄마. 이번 운동회 때 도시락 좀 많이 싸 주면

안 돼?"

민재는 먹기 1등답게 도시락을 많이 싸 달라는

부탁도 잊지 않았지요.

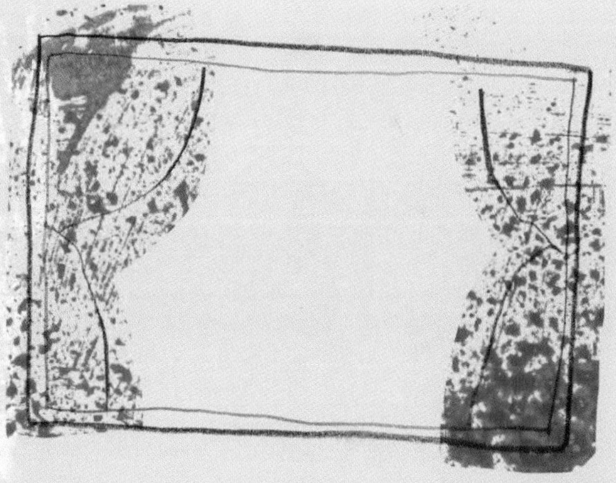

운동회 날,

민재 엄마는 어느 때보다

푸짐하게 도시락을 쌌어요.

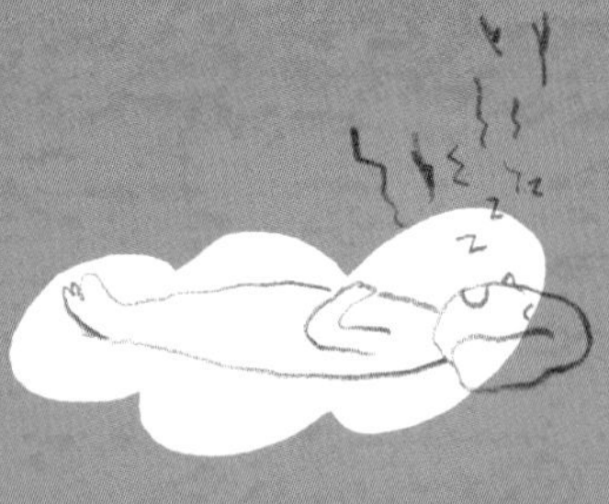

"선서!"
똑똑한 현이가 대표로 선서를 했지만
민재 엄마는 하나도 부럽지 않았어요.

달리기가 시작되자 민재 엄마는 가슴이 쿵쿵 뛰었어요.

“어머. 우리 경수는 달리기는 영 느린데.”

“우리 현이도요. 날렵하기는 한데 또래보다 키가 작아서.”

경수 엄마와 현이 엄마가 걱정했어요.

드디어 민재가 출발선에 섰어요.
민재 엄마는 손을 불끈 쥐었어요.
"준비, 땅!"

그런데 이게 웬일이에요?

아이들이 전부 손을 잡고 달리지 않겠어요?

민재와 석구, 경수와 현이가 모두 손을 잡고 함께 뛰기 시작했어요.

"어머, 걔들이 뭐하는 거야?"

엄마들은 모두 깜짝 놀랐어요.

"얘들아, 같이 뛰는 게 아니야!"

경수 엄마가 손나발을 만들어 아이들에게 외쳤어요.

"깔깔깔, 아이들이 장난치나 봐요."

엄마들이 이야기를 주고받는 동안

민재 엄마는 속이 상해 팔짝팔짝 뛰었어요.

FINISH
FINISH
FINISH

결승점에 가까워지자
아이들이 우뚝 멈춰 섰어요.
그러고는 다 함께 석구의 등을 밀어 주었어요.
석구는 느리지만 힘껏 달렸어요.
가슴을 펴고 결승 테이프를 끊었지요.

선생님은 석구의 손등에 1등 도장을 쾅 찍어 주었어요.
석구가 활짝 웃었어요.
민재와 친구들도 석구를 보며 엄지손가락을 높이 들었지요.
엄마들은 그제야 아이들의 마음을 알았어요.
“어쩜, 우리보다 아이들이 더 마음이 깊네요.”

"엄마! 석구가 1등이야."

민재가 머리를 긁적였어요.

엄마는 아무 말 없이 민재를 안아 주었어요.

"그래? 그럼 석구에게 승리의 만찬을
대접해야겠네."

민재의 얼굴에 웃음꽃이 활짝 피었어요.

참! 잘했어요

운동회가 끝나자, 선생님이 모두의 손등에
'참 잘했어요' 도장을 찍어 주었어요.
"매일매일 운동회면 좋겠다."
"아자아자!"
손등이 일제히 하늘을 향했어요.
푸른 가을날이에요.

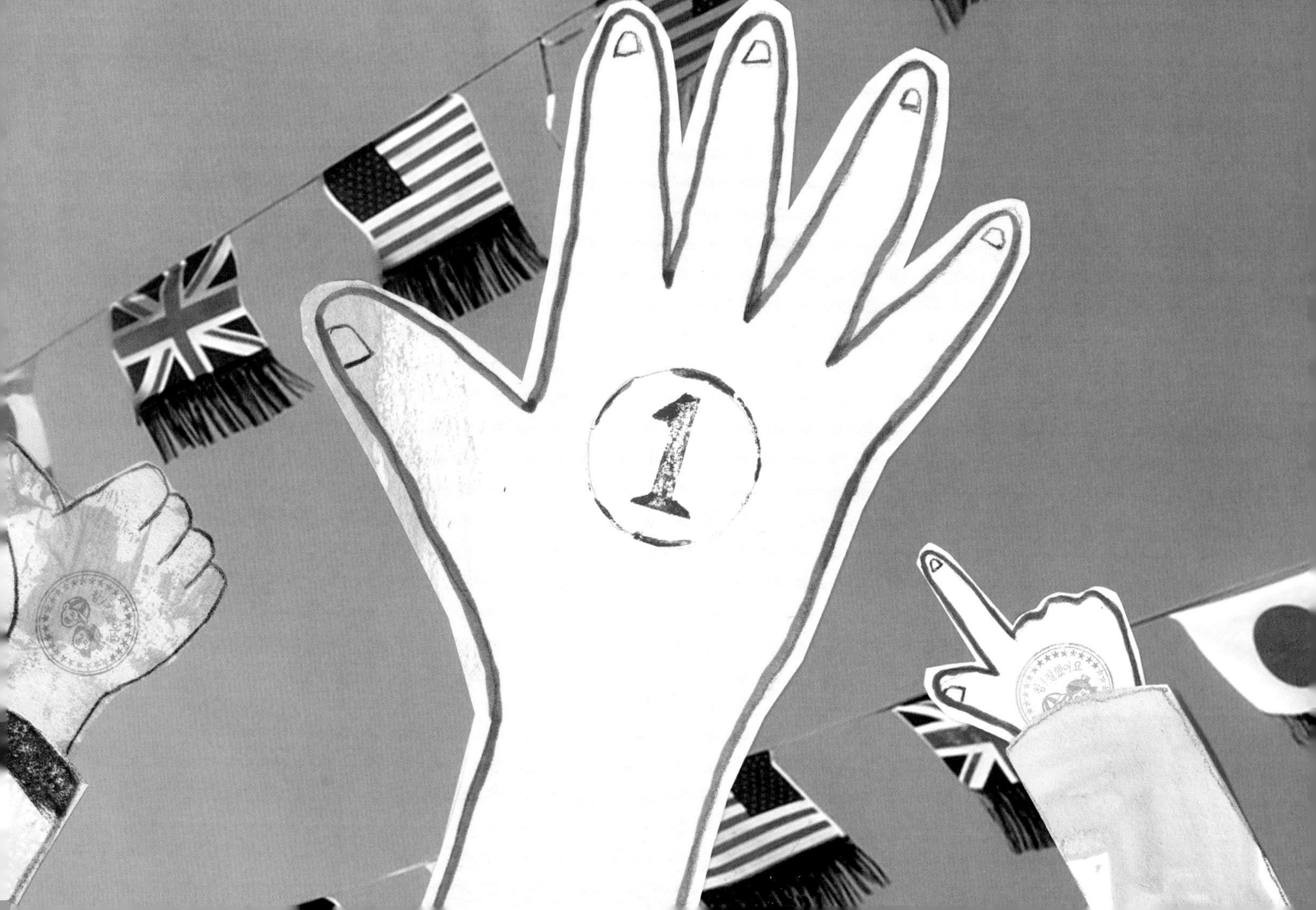

생각 톡

★ 운동회가 열려요

학교에서 하는 행사 중 운동회는 많은 사람들이 모여 놀이나 경기를 하는 것을 말해요. 청군 백군으로 나누어 달리기, 이어달리기, 공굴리기, 박 터트리기와 같은 여러 경기를 한답니다. 이긴 편에게 점수를 주고, 그 합을 더해 승리 편을 정해요. 승자와 패자가 나뉘기 때문에 경쟁이 되기 쉽지요. 하지만 운동회를 통해 배워야 할 것은 경쟁과 승리가 아니라, 협동과 배려랍니다. 친구들과 함께 땀 흘리며 운동하고, 열띤 응원도 해 보세요. 친구들과 함께 나눈 추억으로 우정이 더욱 돈독해질 거예요.

★ 운동회를 즐겨요

운동회 때는 어떤 경기를 할까요? 하나하나 알아봐요.

달리기 정해진 거리를 빠르게 달려 기록을 겨루는 운동이에요.

이어달리기 한 반에 몇 명의 학생들이 주자로 나와 1명씩 번갈아 가며 운동장을 달리는 경기예요. 주자는 배턴을 들고 달리다가 출발선에서 대기하고 있는 다음 친구에게 배턴을 넘겨주면 돼요.

공굴리기 종이 등으로 큰 공을 만들어서 굴리면서 이동해 먼저 골인한 팀이 승리해요.

박 터트리기 종이와 바구니로 박을 만들고 높이 달아 두고, 여럿이 모여서 콩주머니를 계속 던져서 먼저 터뜨리는 쪽이 승리해요.

줄다리기 여러 사람이 두 편으로 나뉘어 줄을 당겨 승부를 겨루는 놀이예요.

★ 운동회에서 지킬 일

즐거운 운동회를 더 즐겁게 치르기 위해서는 질서를 잘 지켜야 해요. 운동회가 끝난 뒤에 어지러운 운동장을 보면 기분이 좋지 않지요. 운동회 때 지켜야 할 질서를 생각해 봐요.

- 다 함께 동작을 맞추어 함께 응원하면 더 즐거워요.
- 선생님의 지시에 따라 사고가 나지 않게 조심해야 해요.
- 운동회가 끝난 뒤에는 운동장을 잘 정돈해요.

손등 도장

글 고상한 그림책 연구소 | **그림** 성혜현 | **사진** 강재훈
펴낸날 2022년 2월 15일 개정판 1쇄
펴낸이 김상수 | **기획 · 편집** 이성령, 권정화, 조유진 | **디자인** 문정선, 조은영 | **영업 · 마케팅** 황형석, 임혜은
펴낸곳 루크하우스 | **주소** 서울시 서초구 사임당로 50 해양빌딩 504호 | **전화** 02)468-5057 | **팩스** 02)468-5051
출판등록 2010년 12월 15일 제2010-59호

www.lukhouse.com
cafe.naver.com/lukhouse

ISBN 979-11-5568-508-2 64800
ISBN 979-11-5568-497-9 (세트)

※ 잘못된 책은 구입처에서 바꾸어 드립니다.
※ 값은 뒤표지에 있습니다.

상상의집